crapaud accoucheur
libellule
lucane
ver luisant
mulot
perce-oreille
épeire diadème
chauve-souris
renard
blaireau
charançon
mésange bleue
fourmilion parisien
taupe
grillon des bois
escargot
phalène
hérisson
belette

À Paul, à Jules, en attendant notre prochaine balade nocturne.
Marie.

À Jeanne et Louise, pour que leurs nuits soient douces...
Emmanuelle.

Marie Lescroart a publié aux Éditions du Ricochet :

Au pôle Nord ou au pôle Sud ?, avec Capucine Mazille

Emmanuelle Houssais a publié aux Éditions du Ricochet :

Avant moi
Sous mes pieds... la vie du sol
Chaude la planète avec Sandrine Dumas-Roy
À l'eau ! avec Christelle Huet-Gomez
La p'tite mer bleue avec Olivier Bardoul
Où est donc ma maison ? avec Françoise Laurent

Marie Lescroart Emmanuelle Houssais

Une nuit

La Terre danse.
En un an, elle fait le tour du Soleil.
Et puis elle recommence.
En même temps, la Terre tourne sur elle-même.
Et avec elle, tournent les montagnes,
les forêts, les océans.
Tournent les plantes, les animaux…

Tiens, ce jardin, par exemple, il tourne aussi.
La moitié de ses journées, il les passe face au soleil.
C'est le jour.

L'autre moitié, la Lune pâle, la Voie lactée,
les étoiles lointaines et Vénus brillent
comme des pierres précieuses
au-dessus des arbres, des fleurs et des légumes.
C'est la nuit.

21 h, un soir de juillet.
Le soleil vient de glisser derrière l'horizon.
Il fait sombre, l'air est plus frais et plus humide.
Les papillons de nuit, les grenouilles, les salamandres
qui se tenaient à l'abri des grosses chaleurs
sortent de leur cachette.

Les lapins, les rouges-gorges, les coccinelles…
Tous ceux qui vivent le jour regagnent leur abri.

Dans le jardin, c'est l'heure de pointe,
le grand chassé-croisé du crépuscule.

Dans la mare, ce soir, concert de batraciens.
Ce bruit, à côté, dans le tas de cailloux ?
C'est un mâle crapaud accoucheur.
Il sort de sa cachette pour donner leur bain
aux œufs qu'il porte sur le dos.
Au passage, hop ! il attrape un moustique.

Bien caché dans les hautes herbes,
le grillon d'Italie fait entendre son chant puissant.

Les carabes arpentent les chemins
à la recherche d'insectes plus petits qu'eux
dont ils pourraient faire un festin.

Les chenilles du sphinx s'extirpent du sol
et grimpent dans les plants de pommes de terre.
Elles s'étaient enterrées là,
au pied de leur plat préféré,
pour se faire discrètes jusqu'à la fin de la journée.

Pour s'ouvrir, les fleurs de la nuit
attendent le coucher du soleil.
Quand la Lune les éclaire, leurs corolles claires
se voient comme des réverbères.

Attirés par leur parfum, les papillons de nuit butinent
leur nectar et se chargent au passage de grains de pollen.
Ils en feront tomber
dans la prochaine fleur qu'ils iront butiner.
Comme ça, grâce à eux, elle fabriquera ses graines.

Vivre la nuit permet aussi de se faire discret pour ne pas être mangé.
Le rossignol l'a bien compris. Il aime pousser la chansonnette,
à l'heure où les couche-tard font la fête.

Pour sortir de leur leur cachette, les sangliers
préfèrent attendre que le jour se soit enfui.
Ainsi ils n'ont plus à craindre,
ni les chasseurs, ni leurs fusils.

Méfiance, toutefois !
Certains carnivores sont bien éveillés.
Avec ses énormes yeux, le lérot n'a pas de mal
à débusquer une couvée, à la lueur des étoiles.

Des yeux, pour quoi faire ?
Le renard pourrait chasser les yeux bandés,
tant son odorat et son ouïe sont développés.
Les va-et-vient du mulot dans sa galerie,
juste en dessous de lui, ne lui auront pas échappé !

Petites reines de la nuit, les chauves-souris pirouettent
et attrapent au vol un maximum d'insectes.
Elles crient, et l'écho qui revient à leurs oreilles
leur dit où sont les proies qui volent tout près d'elles.

La vipère non plus n'a pas besoin de ses yeux :
par de minuscules trous à l'avant de sa tête,
elle sent la chaleur du corps de la souris
qui trotte sur la pelouse : un beau repas de fête !

Un chasseur efficace se déplace sans bruit...
Les plumes de la chouette forment
une sorte de peigne sur le bord de ses ailes.
Elle peut ainsi voler, sans que jamais personne
ne l'entende arriver.

Le hérisson ne craint personne,
armé de tous ses piquants.
Dans la haie, c'est lui le plus bruyant !

Grâce à la lueur verte qui orne son abdomen,
Madame ver luisant veut être repérée,
mais seulement par le mâle qui saura l'aimer.
Si un intrus s'approche,
elle éteint illico sa robe de fiancée.

Les animaux nocturnes n'ont pas tous le même rythme.

Les insectes sont frileux.
Ils s'agitent surtout avant minuit,
quand le jardin est encore tiède des rayons du soleil.
C'est aussi l'heure préférée des chauves-souris
qui veulent les croquer.

Les blaireaux, eux, batifolent toute la nuit
mais dès que le ciel s'éclaircit, la famille au grand complet
rentre se coucher dans son terrier.

Pour manger, pour se cacher, pour chasser
ou faire des bébés, les bêtes de la nuit
ont besoin d'obscurité.

Mais l'homme a peur du noir, il veut de la lumière,
il plante sur son chemin des haies de réverbères.

La vie des vers luisants, des chouettes, des insectes
en est toute chamboulée !

5 h.
Les animaux nocturnes regagnent leur cachette.
Ceux qui vivent le jour en sortent prudemment.
Il y a de l'ambiance dans la nature :
c'est le chassé-croisé de l'aube.

Ce soir, lumière éteinte, chut !
Écoute la nuit.

Achevé d'imprimer en février 2018
sur les presses de Dimograf en Pologne
Dépôt légal : mars 2018

Loi 49-956 du 16 juillet 1949 sur les publications destinées à la jeunesse.

ricochet-livres-jeunesse.fr

FSC www.fsc.org
MIXTE
Papier issu de sources responsables
FSC® C018236

éphémère
hermine
chouette hulotte
musaraigne
paon de nuit
lérot
sphinx du liseron
sphinx du chèvrefeuille
rainette
salamandre
marcassin
vipère
chenille du sphinx
rossignol
notonecte
cousin
lapin
carabe
rouge-gorge